GERT WICKENHÄUSER

Das Leben der Katze
Schlapper

novum ☐ pro

Dieses Buch ist auch als
e-book
erhältlich.

www.novumverlag.com

Bibliografische Information
der Deutschen Nationalbibliothek:

Die Deutsche Nationalbibliothek
verzeichnet diese Publikation in
der Deutschen Nationalbibliografie.
Detaillierte bibliografische Daten
sind im Internet über
http://www.d-nb.de abrufbar.

Gedruckt in der Europäischen Union
auf umweltfreundlichem, chlor- und
säurefrei gebleichtem Papier.

© 2023 novum Verlag

ISBN 978-3-99146-055-8
Lektorat: Caroline Siewert
Umschlagfotos: Loonara I Dreamstime.com;
Gert Wickenhäuser
Umschlaggestaltung, Layout & Satz:
novum Verlag
Innenabbildungen: Gert Wickenhäuser

Die vom Autor zur Verfügung gestellten
Abbildungen wurden in der bestmöglichen
Qualität gedruckt.

www.novumverlag.com

Climate neutral
Print product
ClimatePartner.com/16547-2201-1002

Inhaltsverzeichnis

Kapitel 1

Ankunft

Seit 2002 wohnten wir, Hiltrud und Gert, in einem neugebauten Reihenendhaus in dem Wormser Vorort Pfeddersheim. Eine gute Lage direkt am Feldrand und mit einem kleinen Garten um das Haus.

Es gab viele tierische Besucher wie Igel (Bild 1), Katzen (Bild 2), Tauben, Schwalben und andere Vögel.

Einmal war die Terrasse voller Kartoffelkäfer (Bild 3), scheinbar ein klimatisch günstiges Jahr. Wahrscheinlich kamen sie
von dem Kartoffelacker nebenan. Es war eine derart große Menge, dass es für einen kleinen Bericht in der Lokalpresse reichte.
Einige gelangten bis in das Haus. Einen Tag später erhielten wir
noch vom SWR-Fernsehen Mainz einen Anruf, sie hätten ebenfalls gerne einen Bericht gebracht. Da war die „Pracht" aber
schon beseitigt.

Nach einigen Jahren hatten wir gut Fuß gefasst, der Garten war
angelegt und eine Gartenhütte aufgebaut (Bild 4).

Es war das Jahr 2007 im Sommer. Schon seit einigen Wochen hatten wir Futter und Milch abends in den Garten gestellt, für einen Igel, der ab und zu im Garten zu sehen war.

Wenn wir vormittags schauten, waren wir erstaunt, dass jedes Mal das Futter ratzeputz leer gefressen war. Vielleicht hatte der Igel noch Artgenossen, die sich ebenfalls bedienten.

In dieser Zeit hatten wir immer den Eindruck, dass sich noch irgendetwas anderes im Garten bewegte. Als wir dann genauer im Garten schauen wollten, war nichts mehr zu sehen.

Irgendwann spät nachmittags, wir saßen im Wohnzimmer auf der Couch und die Terrassentür zum Garten stand offen, da huschte plötzlich ein junges Kätzchen herein sprang mit einem Satz auf die Couch, über meine Beine und wollte sich neben meinem Arm sanft in die Achselhöhle drücken, wo es gar nicht mehr weiterging. In diesem Moment waren wir so überrascht, dass wir nicht wussten, was wir als nächstes machen sollten. Es ließ sich anfassen und schnurrte wie ein Weltmeister (Bild 5).

Bild 5

Kapitel 2

Anfangszeit

Die Katze war einfach da, als wenn sie schon immer hier gelebt hätte und zu Hause wäre. Abgemagert, man konnte die Rippen sehen, kleiner Kopf und eingefallene Bäckchen. Große Ohren (Bild 6), im Verhältnis so groß wie bei einer Fledermaus.

Bild 6

Bild 7

Man sah es ihr an, dass sie vermutlich eine Streunerin war und nicht unbedingt leicht an Futter kam. Es war noch etwas „Futter für den Igel" da und der nächste Discounter war auch nicht weit. Der Hunger musste groß sein, denn im ersten Anlauf wurde fast der Inhalt einer 800 Gramm-Dose verschlungen.

Als nächstes war der Besuch bei einer Tierärztin in der Nähe angesagt, um den Gesundheitszustand überprüfen zu lassen und ob eventuell eine Katze als vermisst gemeldet war. Nach einer ersten Untersuchung wurde festgestellt, dass die meisten Zähne faul waren und wir es mit einem Katerchen zu tun hatten und der war kastriert. Von Zeit zu Zeit werden hier durch die Tierhilfe Worms streunende Katzen eingefangen, kastriert und wieder freigelassen. Dadurch soll Tierleid von herrenlosen und scheuen Tieren verhindert werden. Die Ärztin konnte auch keine vermisste Katze in ihrer Umgebung vermelden bzw. auf der vorhandenen Pinnwand war kein Suchbild, dass zu unserer zugelaufenen Katze passte.

Nachdem dies geklärt war, kam der Satz: „Wenn Sie möchten, haben Sie ab jetzt eine Katze."

Unsere Entscheidung war spontan, wir wollten uns um dieses Katerchen kümmern. Benötigte Impfungen und eine Entwurmung wurden noch vorgenommen.

Die vereiterten Beißerchen zu ziehen, war bei einem weiteren Besuch geplant, da dies nur unter Narkose erfolgen konnte. Es blieben vier Zähne übrig (Bild 7). Trotz dieses Handicaps haben wir diesbezüglich nie besondere Probleme bemerkt. Er war künftig immer noch in der Lage, Mäuse zu fangen und zu vertilgen. Ohne Behandlung wären im ungünstigsten Fall die kompletten Kiefer vereitert und ein Verhungern hätte gedroht.

Gleichzeitig wurde eine Registrierung bei Tasso vorgenommen. Wir haben uns für eine Tätowierung entschieden, die nun auch unter der jetzigen Narkose angebracht werden konnte. Die Tätowierung wurde sichtbar in die Ohren eingebracht: rechts RD733 und links W008.

Tasso setzt sich u. a. dafür ein, entlaufene Tiere so schnell wie möglich wieder zu ihrem Halter zurückzubringen. Es gibt inzwischen ca. 10 Millionen registrierte Tiere. Einige Jahre später haben wir uns entschieden, einen Chip einsetzen zu lassen. Dafür gab es mehrere Gründe. Zum einen kann die Tätowierungsnummer mit der Zeit verblassen und kann nicht mehr gelesen werden, und zum anderen ist sie bei Reisen in der EU seit 2012 nicht mehr zulässig. Wir haben natürlich vorher recherchiert, ob ein Chip im Körper schädlich sein könnte, oder ob sich Nachteile ergeben. Ein Chip für Tiere ist eigentlich laut Experten ein Transponder. Das bedeutet, es ist ein passives Funk-Kommunikationsgerät, was wiederum bedeutet, dass es Signale empfängt und automatisch eine Antwort sendet, aber nur wenn kurzzeitig ein Lesegerät in der Nähe aktiviert wird. Also ist im Chip keine Batterie oder Akku enthalten. Er ist nur so groß wie ein Reiskorn. Später erfahren wir darüber noch mehr.

Kapitel 3

Namensgebung

Einen Namen hatten wir bald. Einmal hatte er für eine Katze lange Beine (Bild 8) und einen Gang zwischen normalem Gehen und schnellem Laufen. Es war dann so ein leichter Spurt oder eine Art Trotteln oder Schlappern (Bild 9).

Bild 8

Bild 9

Zum anderen konnte er Wasser oder Milch (natürlich nur für Katzen geeignete Milch) nicht so leicht aus der Schale schlecken. Der Grund waren die fehlenden Zähne. Es schlabberte und spritzte dabei bis zu 20 cm weit. Wir kombinierten Schlappern und Schlabbern zu dem Namen „Schlapper".

Kapitel 4

Schlapper außer Haus

Schlapper hatte sich seinen Platz erobert. Er gehörte ab jetzt fest zu uns. Aber wie jede Katze, die zuvor nur im Freien lebte, wollte Schlapper weiter seinen Freigang haben. Dies zeigte er uns auch deutlich, indem er sich an den verschiedenen Türen hinsetzte, uns solang anstarrte, bis wir reagierten, oder er miaute. Natürlich konnte er ins Freie, es machte es auch leichter, wenn er sein Geschäft draußen machte. Jedoch hatten wir Bammel, er komme vielleicht von seinen Touren nicht zurück. Nein, er kam besonders in der Anfangszeit zwischendurch, auch nachts, immer wieder zurück. Maximal war er eine Stunde fort, schaute nach uns und war wieder weg. Vielleicht wollte er nur nachsehen, ob wir noch da waren.

In der ersten Zeit wurde nachts die Terrassentüre und der Rollladen einen Spalt geöffnet, so dass Schlapper noch durchschlüpfen konnte. Wir mussten uns jedoch etwas anderes einfallen lassen, denn dies war uns am Feldrand zu unsicher.

Ein Versuch war, im Keller ein Kellerfenster zu öffnen. Durch den Kellerschacht nach oben, durch die etwas zur Seite geschobene Gitterabdeckung, könnte man nach draußen gelangen (Bild 10). Wir mussten nur noch Schlapper vermitteln, die Kellertreppe runter in den Versorgungsraum zu gehen. Dann auf die Werkbank zu springen und von da auf den Fensterausschnitt zu hüpfen. Durch, hoch und raus. Oje, funktioniert dies?

Einer von uns war mit Schlapper in den Keller gegangen, der andere stand außen am Kellerschacht und rief.

Der Ruf war noch nicht richtig verhallt, da kam Schlapper schon aus der Versenkung gespurtet. Mit Bravour bestanden. Tagsüber, besonders im Sommer, war die Abschluss- oder Terrassentüre angesagt. Im Winter und nachts war der Kellerausgang eine sehr gute Lösung.

Kapitel 5

Mein Zuhause – mein Platz

Die nahe Umgebung am Haus, besonders der Garten, gehörten ihm. Er duldete in diesem Bereich keinen Artgenossen. Wenn doch einer auftauchte, versuchte er, ihn mit Scheinangriffen zu vertreiben.

Krieg dieser unbeeindruckt, weil er stärker oder größer war, versuchte er, uns als Verstärkung zu holen. Wenn einer von uns in den Garten kam, ging er erst dann auf den „Eindringling" los. Dieser spurtete zunächst weg und Schlapper hinterher, bis der Abstand zu uns genügend groß war. Die fremde Katze stellte sich dann wieder gegen unsere. Wir dachten, jetzt fliegen die Krallen – nein – Schlapper schmiss sich auf den Rücken und zeigte seinen Bauch. Noch einige Zischgeräuschen von uns aus der Ferne und es ging meistens für beide Seiten friedlich aus. Die Besucher taten uns natürlich leid, da sie früher immer mal vorbeikamen, aber das Heimrecht war jetzt bei Schlapper.

Es wird auch so sein, dass Schlapper den neu gefundenen, auch mit viel Geschick selbst ausgesuchten, Platz bei uns nicht mehr freiwillig aufgeben wollte.

Bild 11

Bild 12

Einen tierischen Freund hatte er dann doch. Es war der Nach-
barhund. Wenn dieser im Garten war, legte er seinen Kopf auf
das Holzgeländer, beäugte uns, aber noch mehr unsere Katze
(Bild 11/12). Ein sehr freundlicher Hund. Die beiden schauten
sich dann nur friedlich an. Die Freundschaft ging aber nicht
soweit, dass sie sich näher kamen, wie auf dem Bild zu sehen.
Da war aber noch ein Freund, ein Frosch hatte es ihm angetan
(Bild 13). In seiner Nachbarschaft ruhte er oft.

Bild 13

Unser Haus hatte ein Erdgeschoss, zwei Obergeschosse und einen Keller mit ca. 136 qm. Nachts, wenn Schlapper von einer Tour zurückkam, kam er kurz zu uns in das oberste Geschoss in das Schlafzimmer und war dann meistens wieder unterwegs. Unsere Oma, Hiltruds Mutter, war mit uns eingezogen und hatte im mittleren Geschoss ihr Zuhause. Tagsüber, wenn Omas und Schlappers Ruhezeit war, zog er sich oft zu ihr zurück. Auf der Couch oder auf Omas Zudecke oder Bauch. Hier ließ es sich in aller Ruhe träumen. Im Sommer war tagsüber mehr der Garten angesagt.

Allgemein kann ich sagen, eine Katze als Haustier zu haben, bringt eine unglaublich schöne und lohnende Erfahrung.

Kapitel 6

Das Gemüt der Katze Schlapper

Im Laufe der Jahre haben wir die vielen Facetten von Katzen, insbesondere unserer Katze, kennengelernt.

Es ist nicht so leicht, insbesondere bei Schlapper, dies zu beschreiben. Wie soll man da vorgehen, wo soll man da anfangen, weil man dies alles nicht so einfach darstellen kann.

Vorausschicken möchte ich, dass dies für mich der Umgang mit der vierten Katze ist und Hiltrud mit zwei Katzen Erfahrung sammeln konnte. Erst mal beginne ich mit einer Aufzählung der vielen Attribute, die Schlapper charakterisierten: anhänglich und treu, sehr rücksichtsvoll (besonders zu seinen Menschen), ruhig, mit großer Geduld und zufrieden. Vor allem ein Kämpfer, was ich später noch genauer beschreibe.

Oft war spielen angesagt. Mit einer Rute, einem Band daran und am Ende noch etwas Flauschiges. Mit diesem Spielzeug waren nun im Garten schnelle Drehungen um die eigene Achse angesagt. Schlapper sprintete im Gras hinterher und obwohl er einen größeren Radius hatte, war er so schnell, dass es einem nach kurzer Zeit schwindelig wurde. Oder wenn Schlapper nicht unbedingt diese schnellen Aktionen mochte, kam er zu einem von uns und schmiss sich mit einem Platsch auffordernd auf die Seite und dann auf den Rücken. Streicheleinheiten am Bauch waren angesagt. Wenn dann noch ein Band dazu kam, versuchte er im Liegen, dies zu krallen. Aber so, dass die Krallen nur da, wo das Band war, ausgefahren waren und nicht da, wo eventuell Finger oder eine Hand waren. Das war z. B. eine der Situationen, wo er seine rücksichtsvolle Art zeigte. In all den Jahren war nicht eine einzige Tapete, Wand oder ein Teppich angekratzt. Manchmal hatten wir den Eindruck, dass er versuchte, uns alles recht zu machen. Wenn wir einmal miteinander etwas lauter wurden, kam sofort ein energisches Miauen, bis es wieder etwas ruhiger war.

Dieses wunderbare weiche Fell dieses sensiblen Tieres zu streicheln und dafür ein sanftes Schnurren zu hören und zu spüren, ist eines der schönen Erlebnisse mit einer Katze.

Er war aber auch so eine Art Lausbub. Wenn er zum Beispiel mit Schwung auf einen Baum hochkletterte. Nach dem Herunterspurten stolzierte er immer vor uns quer durch den Rasen, den Schwanz hochgestellt. Hallo, habt ihr es alle gesehen!

Von Anfang an hatte Schlapper fast eine panische Angst, von uns hochgehoben zu werden. Obwohl er zum Beispiel über zwei Meter hohe und schmale Gartenzäune entlang balancierte. Wir nehmen an, dass in seinem vorherigem Leben diesbezüglich etwas vorgefallen sein könnte. Auch nach Jahren hat sich daran nichts geändert.

Wenn es nicht gerade ein Feuerwerk zum Jahreswechsel war, ließ er sich kaum aus der Ruhe bringen. Wie gesagt, zu Silvester, wenn Stunden vor Mitternacht schon einzelne Kracher gezündet wurden, war er irgendwo im Keller, hinter oder unter dem Bett verschwunden und ließ sich auch nicht herauslocken. Auch in den folgenden Jahren blieb dies so. Andere laute Geräusche wie z. B. Rasenmähen, Staubsaugen und ähnliches ließen ihn, wenn schon ein- bis zweimal gehört, kaum aus der Ruhe bringen. Wenn wir noch in der Nähe waren, ließ er sich nicht einmal im Schlaf stören.

Bei Besuchen von Freunden oder Bekannten hielt er schon etwas mehr Abstand, beobachtete aber alles. Wenn jemand des Öfteren bei uns war, ließ er sich auch streicheln, aber war doch etwas reserviert dabei. War für ihn alles in Ordnung, nach einer Tour, nach dem Fressen oder auch nach Streicheleinheiten, putzte er sich gründlich und ausdauernd. Danach döste er vor sich hin und war mit der Welt zufrieden. Wenn es um ihn herum ganz ruhig war, wurde es auch ein etwas tieferer Schlaf. Wenn eine Katze friedlich schläft, strahlt sie eine große Ruhe und Geborgenheit aus (Bild 14).

Bild 14

Bild 15

Es ist interessant zu sehen, wie Schlapper seine Entscheidungen trifft. Manchmal sofort und schnell, je nach Anlass. Manchmal sitzt er da, schaut geradeaus (Bild 15). Vermutlich überlegt er: „Was mache ich als nächstes?" Dann schleicht, läuft oder spurtet er in irgendeine Richtung los.

Auch Pünktlichkeit, ohne Uhr, war bei Schlapper angesagt. Zu unseren Mahlzeiten, morgens, mittags und abends, bekam er von uns auch sein Futter, damit wir in Ruhe entspannt essen konnten. Waren wir aus irgendeinem Grund mal später dran, war er rechtzeitig da und setzte sich in die Nähe seines Futternapfes und wartete geduldig. Es kam ja auch mal vor, dass wir wesentlich später dran waren. Wenn wir dann im Hause waren, kam er zu uns und machte sich mit Miauen bemerkbar.

Bei all diesen beschriebenen Eigenschaften, auch mit seiner Anhänglichkeit, der Treue, den Schmusereien und Streicheleinheiten usw., war er trotzdem immer sein eigener Entscheider! Er wurde auch nie zu etwas gezwungen und ließ sich auch nicht zu etwas zwingen. Ein wunderbares Zusammenspiel zwischen ihm und uns hat sich im Laufe der Jahre entwickelt.

Eine Katze als Haustier zu haben, ist eine unglaublich lohnende Erfahrung. Zu Hause wartet immer ein Freund.

Kapitel 7

Umzug in ein anderes Domizil

Inzwischen wohnten wir schon 7 Jahre im Haus und Schlapper war zwei Jahre bei uns. Oma war nicht mehr so gut zu Fuß. Es fiel ihr immer schwerer, die Treppe zum ersten Stock zu schaffen. Schweren Herzens sahen wir uns nach einer anderen Wohnmöglichkeit um und fanden sie nicht allzu weit weg, im gleichen Vorort von Worms.

Die Frage war, wie Schlapper sich während und nach dem Umzug verhält. Der Umzugs-LKW parkte direkt vor der Haustür. Schlapper war bei so vielen fremden Menschen in und um das Haus verschwunden. Wir suchten ihn natürlich, denn wir mussten ja mit ins neue Domizil, um das Ganze zu überwachen. Es dauerte schon, bis wir fündig wurden. Er hatte sich unbeobachtet durch das offene Seitenfenster des LKW hochgehechtet und saß friedlich auf dem Fahrersitz. Zufall oder gewollt? Wir wissen es nicht. Er wurde herausgelockt und bei der letzten Umzugsfahrt in seinem Körbchen mitgenommen. Es war ja eine relativ kurze Fahrt, denn Schlapper hatte etwas gegen das Fahren in einem Auto.

Kapitel 8

Im neuen Zuhause

Die neue Adresse hatte den Straßennamen „Zur Steig".

Nach einem Umzug raten Katzenkenner und Tierärzte, dass es zwei bis drei Tage dauert, bis sich das Tier an die neuen Gegebenheiten gewöhnt hat und es wäre besser, die Katze so lange nicht ins Freie zu lassen. Wir waren noch keine Stunde da, da machte uns Schlapper sehr deutlich: „Ich möchte raus!" Wir wollten natürlich den vorgenannten Ratschlag befolgen, zumal der neue Garten sowohl einen kleinen Teich (Bild 16) als auch ein fünf Meter durchmessendes Schwimmbecken hatte (Bild 17). Weiter könnte er einfach zu den verschiedenen neuen Nachbarn oder auf die Straße gelangen. Aber sein Drang war so stark, dass wir nach kurzer Zeit die Terrassentür zum Garten öffneten. Unsere Befürchtungen waren aber umsonst. Auch in der neuen Umgebung war sein Verhalten ähnlich wie in seiner vorherigen bekannten Umgebung.

Bild 16

Bild 17

Immer nur kurze Zeit war er unterwegs und dann wieder hier. Es gab ja so vieles neu zu entdecken (Bild 18). Sträucher, Büsche, Gräser, Fische und Frösche (u. a. Karl-Otto (Bild 19) im Teich), Libellen (Bild 20) und vieles mehr. Eine Besonderheit war im Garten die Tigerschnecke. Sie ist ein Nützling, da sie unter anderem Nacktschnecken jagt und vertilgt. Tigerschnecken sind zwar zwittrig, tauschen aber bei der Fortpflanzung ihre Samenpakete aus (Bild 21).

Bild 18

Bild 19

Bild 20

Bild 21

Er war hier genauso schnell zu Hause wie zuvor. Er hatte es auch bald raus, wo genau das Haus und das Grundstück endeten, also wo sein neues Reich war. Wir waren ja auch da und dies schien ihm wichtig.

Einen Ausgang für nachts oder wenn wir außer Haus waren, wurde auch gefunden. Es bot sich der vorhandene Durchbruch für einen Wäschetrockner an. Hier baute ich eine Katzenklappe ein (Bild 22). Das Besondere an der Klappe war, dass sie mit einer programmierbaren Sperre versehen war. Die Katze braucht also, wie schon in Kapitel 2 beschrieben, einen Chip, der dann in der Nähe der Klappe die Sperre öffnet.

Der klitzekleine Chip wird vom Tierarzt mit einer Art Spritze eingepflanzt. Der eigentliche Sinn des Chips dient aber zur Erkennung des Tieres, wenn es einmal ausgebüchst ist. Das mit der Klappe ist eine weitere Möglichkeit, den Chip zu nutzen. Im Übrigen können weitere Tiere mit ihrer eigenen Chip-Nr. einprogrammiert werden. Für jedes Tier gibt es diverse Einstellmöglichkeiten. Zum Beispiel: die eigene Katze kann in das Haus, andere nicht. Oder die Zweitkatze mit anderer Nummer. kann ebenfalls in das Haus. Oder eine eigene Katze darf ins Freie, die zweite eigene darf nicht hinaus usw …

Bild 22

Bild 23

Es gab aber auch im Garten wunderschöne Schlafplätze. Wir hatten uns gefreut, dass das neu gepflanzte Ziergras schön senkrecht in die Höhe wuchs. Es wurde durch Schlapper in eine Schlafmulde umgewandelt (Bild 23). Es gab aber auch noch weitere schön abgeschirmte Ruheplätze zum Beispiel (Bild 24).

Ich möchte nicht unerwähnt lassen, dass in dieser Zeit ein befreundeter Hobbymaler ein Portrait von Schlapper gemalt hat. Er ist auf diesem Acrylgemälde (Bild 25), zumindest am Schwanz zu erkennen.

Bild 24

Bild 25

ich: Schlapper von Wicken und Häuser

Mit Schnee hatte Schlapper schon früher Bekanntschaft gemacht. Er sauste auch gerne durch den Schnee. Auch am jetzigen Platz drehte er freudig seine Runden (Bild 26).

Leider mussten wir feststellen, dass es auch in unserer Region menschliche Tierfeinde allgemein und Katzenquäler gibt. Wir hatten bei Schlapper eine Verletzung festgestellt, die wir unserer Tierärztin zeigten. Sie konnte nur die Wundversorgung vornehmen, aber keine eindeutige Ursache erkennen. Viele Jahre später, bei einem notwendigen Röntgen, stellte sich dann heraus, dass es der Einschuss von einer Luftdruckwaffe war (Bild 27). Es steckten die ganzen Jahre zwei Kugeln in seinem Körper. Weil wir inzwischen umgezogen waren und Jahre dazwischen lagen, konnten wir nichts mehr unternehmen. Da diese Kugeln an keinem empfindlichen Organ saßen, wurde eine OP nach dieser langen Zeit nicht empfohlen.

Auch danach mussten wir in der Zeitung lesen, dass Katzen schrecklich gequält wurden. Leider konnten der oder die Verursacher nicht gefunden werden.

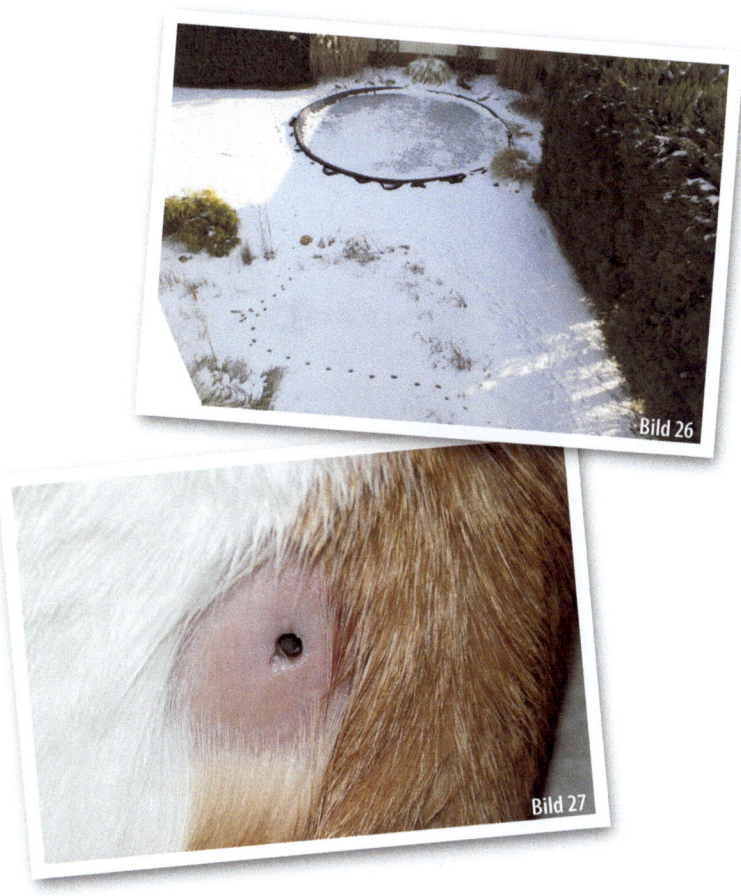

Bild 26

Bild 27

Für unsere Oma hatten wir im Erdgeschoss schöne Zimmer eingerichtet. Wir waren ihr dankbar, dass sie sich in unserer Abwesenheit, auch im Urlaub, liebevoll um Schlapper gekümmert hatte. Er hatte auch volles Vertrauen zu ihr und war gut behütet.

Leider konnte Oma nicht lange ihr neues Zuhause und den schönen Garten genießen, da sie ein Jahr später verstorben ist.

Kapitel 9

Schlappers Erlebnisse und Abenteuer

Seine erste größere Fahrt mit uns im Auto ging nach Biberach (Gemeinde Roggenburg) bei Weißenhorn. Hier hatten Freunde, Erika und Peter aus Edingen (bei Heidelberg), ein altes Haus wunderschön hergerichtet und wir wollten ein paar Tage dort verbringen. Im Übrigen hat sich dieses Haus der in der Region bekannte und in Biberach geborene Ehrenbürger Monsignore Thaddäus Hornung als Wohnhaus bauen lassen. Später einmal sollte es der Altersruhesitz seiner Eltern werden, wenn diese den nebenan liegenden Bauernhof nicht mehr bewirtschafteten. Eine Straße in Biberach wurde nach ihm benannt. Es ist deshalb von Interesse, weil der bereits vor 50 Jahren verstorbene Monsignore ein Großonkel von Erika war.

Da die Fahrt einige Stunden dauern konnte und Schlapper im Auto fortwährend jammerte, fuhren wir auf einen Rastplatz, um für Mensch und Tier eine kurze Pause zu machen. Um Schlapper sicher aus dem Auto zu lassen, bekam er ein Halsband mit Leine an. Vielleicht musste er mal. Kaum aus dem Auto, sauste er wie von der Tarantel gestochen los, hüpfte wie ein Geißbock hoch, zerrte mit aller Kraft an der Leine. Mit viel Aufwand konnten wir ihn halten. Schnell zurück in das sichere Auto. Wir hatten Glück, dass die einfache und dünne Leine nicht riss, sonst hätten wir ihn vermutlich nie mehr gesehen. Was war passiert? Die Autobahn war ja nur auf Sichtweite entfernt und die recht lauten und andauernden Motor- und Fahrgeräusche hatten ihn scheinbar geschockt. Wir überlegten nun, ob eventuell, bevor er zu uns kam, in dieser Richtung etwas vorgefallen war. Zum Beispiel, dass er aus Neugier in ein Auto oder einen LKW gestiegen ist und erst später wieder, an anderer Stelle, heraus konnte. Zumal er auch bei kurzen Fahrten mit dem Auto zu einer

Tierpraxis oder ähnlichem immer sehr lautstark jammerte. Er hatte eine totale Abneigung gegen das Autofahren. Es war aufregend und wir hatten wieder etwas über Schlapper gelernt. Ab diesem Zeitpunkt haben wir dann Autofahrten mit Schlapper, auf das unbedingt Notwendige begrenzt.

Für mich war ein abendlicher Spaziergang mit Schlapper immer ein schönes Erlebnis. Spät, wenn es schon dunkel und auf den Straßen ruhiger war, hatte ich einmal getestet, wie weit Schlapper mitlief, wenn es außerhalb unserer Wohnlage war. Erst einmal um einen Häuserblock. Schlapper lief ein paar Schritte voraus, da er ja mit seinen langen Beinchen einen schnelleren Schritt hatte. Er blieb aber immer in Sichtweite und wartete dann auf mich. So ging es um den ganzen Block. Das ließ sich gut an und wurde an anderen Tagen des Öfteren wiederholt. Die Strecke wurde dabei immer länger gewählt. Schlapper lief immer treu mit, wie ein braver Hund, der Gassi geführt wird, jedoch ohne Leine. Nur, wenn uns eben ein Frauchen oder Herrchen mit Hund begegnete, war Schlapper schnell in einem Vorgarten oder einer Hofeinfahrt verschwunden. Ich lief dann normal weiter. War die Luft dann wieder rein, war er sofort wieder an meiner Seite. Es ging so weiter wie zuvor. Eins ist mir aufgefallen: wenn wir fast am Ende eines Spazierganges waren, ist er ein Stück weiter voraus gelaufen, wartete aber an den Straßenecken auf mich. Es sah fast so aus, als wollte Schlapper mir zeigen, wo es nach Hause ging.

Eine weiteres Ereignis war, als Schlapper nicht wie üblich nach kurzer Zeit wieder bei uns auftauchte. Inzwischen hatte ich so ein Gespür, wenn etwas mit ihm nicht in Ordnung war. Also drehten wir in der Umgebung unsere Runden. Wir riefen seinen Namen, aber von Schlapper keine Spur. Spät nachmittags kam ich dann nochmal alleine von einer weiteren Suche zurück. Kurz vor unserem Zuhause meinte ich, ein schwaches Miauen zu hören. Nach kurzer Suche wurde ich fündig. Aus einer geschlossenen Garage bei einem Nachbarn kam ein klägliches Miauen. Der Nachbar war schnell verständigt und öffnete die Garage, die er zwecks Lüftung tagsüber immer geöffnet hatte. Noch schneller als sonst war Schlapper in unserem Haus am Futternapf.

Im Juni 2010 hatten wir vor, einen einwöchigen Urlaub im Stubaital-Österreich zu verbringen. Unsere Oma wollte nicht alleine im Haus bleiben und wir organisierten für sie eine Kurzzeitpflege. Für Schlapper mussten wir uns nun etwas einfallen lassen. Einige Häuser weiter hatten wir besonders freundliche und hilfsbereite neue Nachbarn. Nennen wir sie Hannelore und Hans. Diese hatten einen Hund und waren auch sonst tierliebe Menschen. Sie waren bereit, unseren Kater zu versorgen. Das war für Schlapper und uns angenehmer, als ihn in dieser Zeit irgendwo in eine Tierpension zu fremden Menschen und Tieren zu bringen. Da die Oma nun nicht im Haus war, aber die Nachbarn mehrfach am Tag kamen, konnten wir beruhigt mit guten Freunden losfahren. Wir riefen täglich bei allen in Worms an, um zu hören, ob alles in Ordnung war.

Oma ging es in der Kurzzeitpflege gut. Jedoch hörten wir dann in einem Gespräch mit Hans heraus, dass die Betreuung von Schlapper scheinbar nicht so wie gehofft verlief. Durch Nachfragen erfuhren wir dann, dass er schon am zweiten Tag nach unserer Abreise nicht mehr da war. Hans und Hannelore hofften auf seine Rückkehr, wenn er Hunger bekam. Außerdem suchten sie in der näheren Umgebung, aber ohne Erfolg. Sie wollten es aber vermeiden, uns im Urlaub zu beunruhigen und sagten zunächst nichts. Nach einer unruhigen Nacht im Hotel entschlossen wir uns, früher abzureisen. Das tat uns natürlich für unsere Freunde leid. Aber die Sorge um Schlapper ließ uns keine andere Wahl.

Nach Ankunft in Worms stieg ich spät nachmittags ab 17 Uhr auf mein Fahrrad, um Schlapper zu suchen. Meine Suche ging kreuz und quer durch Pfeddersheim, dabei rief ich immer wieder laut seinen Namen. Am nächsten Tag behaupteten böse Zungen: „Da fährt ein Verrückter, laut ‚Schlapper' rufend, mit dem Fahrrad durch die Straßen."

Meine Suche ging bis spät in die Nacht weiter. Ich gab einfach nicht auf. Auch die Nachfragen bei den früheren Nachbarn waren negativ.

Nur noch einmal in die Gegend zu unserem vorherigen Haus. Inzwischen war es kurz vor 23 Uhr. Vom Rad absteigen, noch einmal rufen, umdrehen und das war es? Aber da war noch ein kleiner Hügel von einem Erdaushub eines Hauses zurückgeblieben. Auf dem Hügel bewegte sich etwas schemenhaft. Nach meinem zaghaften Ruf: „Schlapper", bewegte sich zunächst etwas Helles den Hügel herunter, kam langsam auf mich zu, und rannte dann schnurstracks zu mir. Es war Schlapper. Nach einem vorwurfsvollen: „Mau, mau, mau" war eine intensive Begrüßung mit allen möglichen Streicheleinheiten angesagt. Die Freude war groß und mir fiel der berühmte Stein vom Herzen.

Er war hier einige Tage in seiner früheren Umgebung, um uns zu suchen, und musste sich durchschlagen, ohne die üblichen Futterrationen und Zuwendung. Wie hatte er überhaupt hierher gefunden, da ja sein Umzug auch mit dem Auto erfolgte? Die Entfernung von etwas mehr als einem km ist zwar zum Laufen nicht viel, aber durch die versetzte Straßenführung und eine viel befahrene Hauptstraße ist dies schon beachtlich. Ich denke, alle Katzen haben einen außergewöhnlichen, natürlichen Orientierungssinn.

Die Geschichte war aber hiermit noch nicht beendet. Wie würde ich jetzt Schlapper wieder in das neue Zuhause zurückbringen? Wollte er vielleicht lieber hier bleiben, wo er jahrelang gelebt hatte? Ich konnte ihn nicht tragen, weil das Fahrrad dabei war. Auf den Gepäckträger setzen – unmöglich. Ein Handy mitzunehmen hatte ich in der Eile vergessen. Also lief ich einfach los, das Fahrrad schiebend, in Richtung Heimat. Nun passierte das, was ich mir insgeheim erhofft hatte. Schlapper lief einfach mit, einmal voraus, einmal hinterher und einmal auf der anderen Straßenseite, aber immer in die richtige Richtung. Immer in einem Vorgarten verschwindend, wenn fremde Menschen, auch mit Hunden, zu sehen waren.

Nun kamen wir beide in die Nähe der Hauptstraße. Es war ein Risiko, diese mit Fahrrad und Schlapper zu überqueren. Zum Glück standen so spät noch zwei junge Männer an ihrem Auto und unterhielten sich. Ich erklärte ihnen kurz den Sachverhalt und sie überließen mir freundlicherweise ein Handy. Mit diesem verständigte ich Hiltrud und bat sie, uns mit dem

Auto entgegenzukommen. Das klappte auch gut. Schlapper wurde eingeladen und nach Hause gebracht. Etwas später war ich auch mit dem Rad zu Hause.

Diese Aktion zeigte uns, dass Schlapper ein einmalig treuer Kater war.

Katzenkenner sind der Meinung, eine Katze bleibe lieber in ihrer gewohnten Umgebung als bei ihren Menschen. Wir hatten das Privileg, dass Schlapper bei uns sein wollte. Dies hat die Verbundenheit mit unserem zugelaufenen Kater noch einmal verstärkt.

In den vielen Jahren gab es noch mehr Ereignisse, die erwähnenswert sind. Ich komme noch darauf zurück.

Kapitel 10

Besondere Merkmale von Schlapper

(Katzenaugen und Sprache)

Allgemein bei Katzen, aber für uns besonders bei Schlapper, waren die Augen etwas Besonderes und Anziehendes. Wenn man in seine Augen schaute, meinte man, in einen tiefen See zu blicken. Man sah vieles und nichts. Ganz am Anfang haben wir Schlapper auch so verstanden, dass seine Blicke erwartungsvoll waren: „Darf ich hier bleiben?" (Bild 28). In den Jahren später waren die Blicke cooler und gelassener (Bild 29). Ich weiß, es ist verrückt, aber bei den Blicken musste ich immer an die Sciencefiction-Sendung im Fernsehen denken, bei der auch vorkam: „Unendliche Weiten". Die Augen sind einfach faszinierend, aber man sollte auch schon etwas näheren Umgang mit Katzen haben, um dies zu erkennen und zu verstehen. Aus den Blicken, zusammen mit der übrigen Mimik und Körperhaltung, kann man in etwa die Stimmungslage erkennen (Bild 30). Ansonsten ist das Katzenauge ein hochspezialisiertes Organ. Die Pupillen können sich dreimal so stark ausdehnen wie bei uns Menschen. Dadurch kann mehr Licht auf die Netzhaut fallen und es ergibt sich eine hervorragende Nachtsicht. Wir haben immer, wenn er uns so angeschaut hat, liebevoll von seinen großen Klotzböcken gesprochen.

Bild 28

Bild 29

Bild 30

Bild 31

Ein weiteres Sinnesorgan, das bei Katzen eine wichtige Rolle spielt, sind die Schnurrhaare (Bild 31). Sie verleihen der Katze einen hervorragenden Tastsinn und sind nicht ein Schönheitsprodukt, sondern dienen in der Hauptsache der Orientierung. Die Tasthaare sind mit Nerven versorgt und können angelegt oder gespreizt werden. Sie befinden sich nicht nur um das Mäulchen, sondern auch über den Augen. Erstaunlich ist, dass diese Tasthaare auch auf größere Entfernung arbeiten können. Bei Schlapper spielten sie, wie später noch zu erfahren ist, eine besondere Rolle.

Etwas über die Katzensprache zu verfassen ist schwierig, da eine Beschreibung der akustischen Laute nicht so leicht ist. Jedenfalls ist die Katzensprache vielseitiger, als allgemein bekannt.

Maunzen, Miauen, Gurren, Fauchen, Schnurren. Manches Mal quakt er so ähnlich wie ein Frosch. Dann, wenn etwas total zufriedenstellend für ihn war, hörte man ein leises kurzes „brrrb".

Wenn Schlapper schnurrt, fühlt er sich wohl, was auch besonders durch Streicheleinheiten ausgelöst werden kann. Das Schnurren der Katze wurde auch von Wissenschaftlern genauer untersucht, vor allem die Frequenzen, die auch als Heilfrequenzen bekannt sind. Tiermediziner haben nämlich festgestellt, dass Katzenschnurren nach Knochenbrüchen oder Operationen schnellere Heilung bringt.

Es soll sich auch auf Menschen positiv auswirken. Jedenfalls können wir bestätigen, wenn Schlapper auf dem Schoß saß und schnurrte, wirkte dies sehr beruhigend.

Jeder Laut hat eine Bedeutung. Bei den meisten Lauten wussten wir, was sie bedeuteten. Bei einigen sind wir bis heute im Unklaren.

Da war noch die Körpersprache. Man konnte Schlapper ansehen, wann er sich wohlfühlte, dann war sein Ausdruck entspannt und er hatte einen ruhigen Blick. Bei einer Begrüßung war der Kopf hocherhoben und der Schwanz steil nach oben gestellt. „Hallo, hier bin ich!" Oft strich er danach um die Beine und wetzte seine Barthaare daran, womit er seine Zuneigung ausdrückte.

Wenn der Schwanz leicht wedelte oder gar peitschte, war für ihn etwas nicht in Ordnung. Wenn dann noch ein „Fauchen und die Zähne zeigen" dazu kam, der Körper geduckt war, hieß es vorsichtig sein. Dies kam bei Schlapper kaum vor, nur, wenn zum Beispiel ein Hund zu nah kam. Allerdings war er bei größeren Hunden sehr schnell verschwunden.

Schlappers Pünktlichkeit ohne Uhr war, wie in Kapitel 6 schon angedeutet, beeindruckend.

Es gäbe noch mehr Merkmale zu beschreiben, aber dies würde den Bogen überspannen.

Da ich vor grauer Vorzeit einmal als Konstrukteur gearbeitet habe, ist nach meiner Meinung eine Katze eine gelungene Konstruktion der Natur.

Kapitel 11

Weitere Umzüge

Nachdem unsere Oma viel zu schnell für uns verstorben war, war das jetzige Haus zu groß geworden. Wiederum im gleichen Wormser Vorort fanden wir eine passende Eigentumswohnung mit Garten. Sie lag so ziemlich am westlichen Ende von Pfeddersheim, in der Kurt-Schumacher-Straße (Bild 32). Auf der anderen Seite der Straße, gegenüber dem Hauseingang, war die Pfrimm, ein ca. 42 km langer westlicher und linker Nebenfluss des Rheins, der im Donnersbergkreis entspringt.

Der Umzug ging wieder problemlos vonstatten, dank der Hilfe eines gut bekannten Monzernheimer Weingutes, bei dem ich seit meiner Pensionierung in den Weinbergen geholfen habe. Das heißt, dass aus nur einigen Malen im Weinberg dabei sein, 25 Jahre geworden sind. Es hat Spaß gemacht.

Bild 32

Bild 33

Schlapper wurde wie gehabt mit dem Auto hierher transportiert. Es dauerte keine Stunde und Schlapper machte seinen ersten Ausflug. Entsprechend der früheren Erfahrung brauchten wir uns keine Gedanken mehr zu machen, ob er hier bliebe. Und es war so. Treuer Junge. Er fühlte sich auch hier sehr wohl, wie man sieht, hat er sich im neuen Wohnzimmer auf einem der Stühle niedergelassen (Bild 33).

Eine Katzenklappe sollte auch wieder vorhanden sein. Es wurde eine 40 cm dicke Außenwand durchbohrt und für den Klappeneinbau zu einem kleinen Tunnel erweitert. Da es hier in allernächster Nähe auch einige Katzen gab, war es gut, die programmierbare Katzenklappe zu haben, um eventuelle Revierkämpfe zu vermeiden. Es gab eine Nachbarkatze, ein kleiner Wirbelwind. Mit dieser duellierte sich Schlapper öfters. Wir konnten den Wirbelwind verstehen, denn plötzlich war in seinem Revier, also direkt nebenan, ein Zugezogener. Es blieb natürlich nicht aus, dass Schlapper einmal mit blutenden Ohren heimkam. Irgendwann hatten beide den nötigen Respekt voreinander. Die Auseinandersetzungen fanden dann, besonders nachts, nur noch verbal statt.

Es war dann wieder mal soweit, Schlapper blieb erneut länger als üblich fort. Intuitiv wurde ich nach einer Stunde unruhig.

Hiltrud war zu dieser Zeit noch im Zentrum von Worms berufstätig. Also ging ich wieder auf die Suche und rief dabei seinen Namen. Erst in der Nachbarschaft und dann etwas weiter. Hier wurde ich auch gleich fündig. Denn eine Straße weiter bekam ich Antwort, mit einem etwas ängstlichen Miauen. Wo kam das her? An einem Haus, hinter Büschen, kaum einsehbar, war ein Lichtschacht mit Fenster zu einem Keller. Es war ein normal großes Fenster eingebaut, das gekläfft war. Schlapper saß auf der Innenseite neben dem Fenster auf einem Schrank und machte sich lautstark bemerkbar, traute sich aber nicht durch den schmalen Fensterspalt wieder nach draußen. Dies war eigentlich gut, denn es sind schon einige Katzen in dem sich nach unten verengenden Spalt hängen geblieben und dann, wenn keine Hilfe kam, gestorben. Nun ja, was tun? Bei den Bewohnern klingeln – es war niemand da. Über die Straße eine Nachbarin, die gerade aus dem Fenster sah, fragen, ob sie wisse, wo und wie man die Bewohner antreffen könne. Nein, das wusste sie nicht, aber wieder auf der anderen Seite, die Nachbarn neben dem betreffenden Haus, wüssten vielleicht, wo sich die Bewohner befinden oder wo sie eventuell arbeiten. Gesagt, getan. Ja, sie wussten es, suchten die Telefonnummer raus und riefen für mich an. Die Frau des Hauses wurde erreicht und wollte nach ca. einer Stunde hier sein. Ich blieb in der Nähe des Fensters, um zu sehen, ob Schlapper während der Wartezeit nicht versuchen würde, weil ich ja da war, durch den Spalt zu schlüpfen. Durch meine Anwesenheit ließ er sich dann beruhigen und wartete brav auf dem Schrank sitzend. Er konnte aber sicher nicht verstehen, warum ich, wenn ich schon hier war, ihn nicht sofort herausholte. Bei uns Menschen ist es leider oft etwas komplizierter. Die Bewohnerin kam dann, hatte etwas früher Feierabend gemacht und nahm mich mit in den Keller. Sie öffnete die entsprechende Tür. Schlapper sprang vom Schrank auf eine Waschmaschine und dann auf den Boden. Er war dann schnell aus dem Raum, über die Kellertreppe nach oben und aus der offenen Haustür hinaus gespurtet. Ich konnte mich wiederum nur wundern, wie er sofort, ohne zu zögern, den Weg nach draußen fand. Ich denke, Schlapper hat durch dieses Ereignis dazugelernt – hoffentlich!

Überall, wo wir bis jetzt gewohnt haben, waren in der Nähe Straßen. Hier brauchten wir uns wegen Schlapper keine Sorgen machen. Nach längerer Beobachtung haben wir festgestellt, dass er sich bereits früh, wenn sich ein Fahrzeug näherte, aus diesem Bereich entfernte, bevor wir etwas hören oder sehen konnten. Diese Vorsicht kam wahrscheinlich noch aus jener Zeit, in der er noch freilebend den vielen Gefahren ausgesetzt war.

Kapitel 12

Schlappers neue Umgebung

Noch einmal war ein Umzug mit Schlapper angesagt. Als wir einzogen, war noch nicht bekannt, dass sich in der Souterrainwohnung unter uns ein Wasserschaden zu einer größeren Sache entwickelte. Mehrere Untersuchungen und Expertisen prognostizierten, dass im ungünstigsten Fall eine umfangreiche Sanierung erforderlich wäre. Die geschätzten Sanierungskosten würden auf die Eigentümergemeinschaft umgelegt werden und damit unser Etat sprengen.

Schweren Herzens entschlossen wir uns wieder, uns auf die Suche nach einer geeigneten Bleibe zu machen. Schließlich fanden wir in Worms-Herrnsheim das Richtige. Wir hatten, nun als Mieter, eine architektonisch wunderschöne Wohnung gefunden (Bild 34 u. 35). Ein kleiner Garten war auch dabei (Bild 36).

Bild 34

Bild 35

Bild 36

Schlapper war ja inzwischen ein erfahrener Umzugskater geworden. Er war ganz locker bei dem, was da alles vor sich ging.

Auch hier war er schnell heimisch, lernte die neue Umgebung kennen und wusste auch bald, wo er überall durch oder hinein konnte. Natürlich ist die Neugier einer Katze immer dabei.

Damit er, wie zuvor, selbst entscheiden konnte, wann er auf Tour gehen mochte, war wiederum das Anbringen einer Katzenklappe notwendig. Ein passender Durchgang war nicht vorhanden und ein Mauerdurchbruch war nicht möglich, da es nicht unser Haus war. Mit so einem Eingriff in die Bausubstanz des solid gebauten Hauses wollten wir den Hausbesitzer nicht konfrontieren. Also etwas anderes ausdenken. Die Terrassentüre bot sich an. Außen in den unteren Bereich der Rollladennut schoben wir ein Brett ein. Vorher wurde in der Mitte des Brettes ein Ausschnitt für die Katzenklappe ausgesägt (Bild 37). In der Nacht wurde der Rollladen runtergelassen und vorsichtig auf das Brett aufgesetzt. Eine Hälfte der Terrassentür wurde geöffnet und schon war der Freigang gewährleistet.

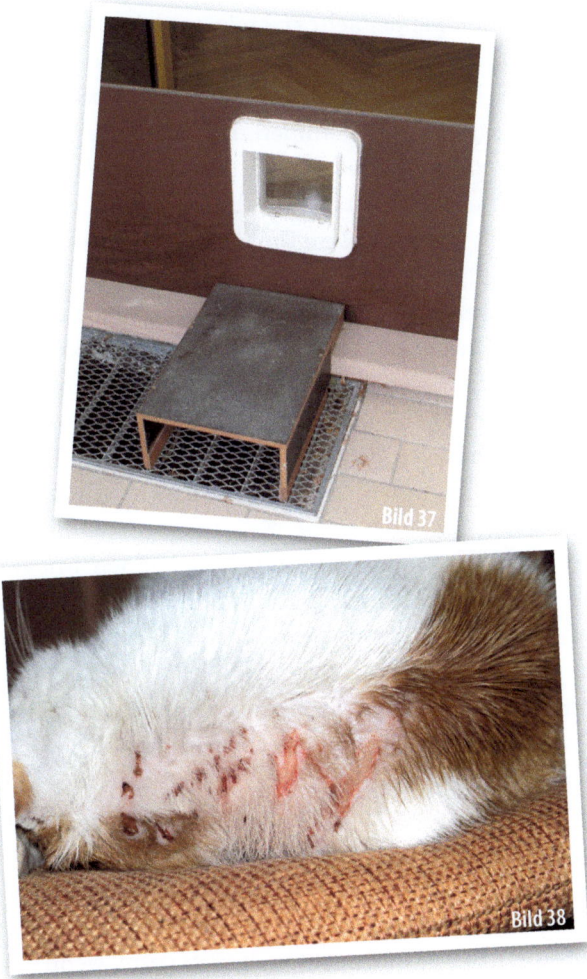

Bild 37

Bild 38

Ungefähr Mitte 2016 bekam Schlapper im Nacken starke Juckstellen, die er immer wieder aufkratzte. Es entstanden große Wundstellen, die natürlich zusätzlich Schmerzen verursachten und Infektionen befürchten ließen (Bild 38). Einige Monate wurde in zwei Tierarztpraxen mit verschiedenen Medikamenten, Futterumstellung etc. versucht, die Sache in den Griff zu bekommen. Mehr als leichte Besserungen wurden nicht erreicht. Von unserer Tierarztpraxis wurde dann ein Spezialist für Tierdermatologie in Wiesbaden empfohlen. Alleine die Fahrt dahin war für Schlapper sehr stressig, weil das Autofahren für ihn von Anfang an ein Horror war. Weil dies bekannt war, hatten wir für Schlapper von unserer Tierarztpraxis ein Schlafmittel zur Beruhigung bekommen. Trotz erhöhter Dosis war er während der ganzen Fahrt sehr stark am Jammern. Zwischen Mainz und Wiesbaden wurden zu dieser Zeit Brücken saniert. Dadurch gab es einige größere Umleitungen, die die Fahrt noch unnötig verlängerten.

Genervt kamen wir alle in der Praxis an. Es wurden die verschiedensten Untersuchungen und Tests vorgenommen. Der zuständige Arzt und sein Team stellten dann in Zusammenarbeit mit den zwei hiesigen Tierarztpraxen fest, dass es sich höchstwahrscheinlich um eine Toxoplasmose handelte.

Dabei handelt es sich, vereinfacht ausgedrückt, um Parasiten, die sich unter anderem bei Katzen einnisten und das Immunsystem mehr oder weniger angreifen können. Mit verschiedensten Medikamenten und Behandlungen wurde versucht, eine Heilung zu erreichen. Ebenfalls wurde eine Umstellung des Futters ausprobiert.

Im Laufe der Jahre hatten wir zwar die oberflächlichen Wunden soweit im Griff, konnten sie aber nie komplett beseitigen. Umso mehr mussten wir Schlapper bewundern, wie er das alles tapfer ertragen hat und sein Verhalten wie am Anfang beschrieben nicht verändert hat. Zumindest war es unser Eindruck.

Im Garten befinden sich drei Bäume: ein prächtiger Kirschbaum (Bild 39), ein Apfelbaum und ein Birnbaum. Besonders der Kirschbaum hatte es ihm angetan. Immer dann, wenn einer von uns in der Nähe war, nahm er Anlauf und schwuppdiwupp war er in der ersten Gabelung von drei dicken Ästen. Ein Blick zu uns: „Habt ihr es auch gesehen?", und wieder runter. Vor unseren Augen ging er dann stolz wie ein Spanier, den Schwanz wie eine Fahne hochgestellt, quer über den Rasen (Bild 40).

Bild 39

Bild 40

Noch eine Episode: nach getaner Arbeit war am Abend oft angesagt, die Tagesschau anzusehen. Schlapper kam dann zu uns auf die Couch. Entweder war er bei mir und drückte sich fest an mein Bein oder bei Hiltrud, je nachdem, wer ihm am Tag besondere

Aufmerksamkeit geschenkt hatte. Er schlief dann meistens bis ca. 21:45 Uhr, denn da war oft eine Hauptsendung zu Ende. Er hatte sich gemerkt, dass wir dann aufstanden, aufräumten und alles soweit für die Nacht vorbereiteten. Er war dann schon kurz zuvor unterwegs und wartete am Futtertopf auf sein Abendmahl. Sollten wir einmal sitzen bleiben, um ein späteres Programm anzuschauen, dann verschwand er zunächst durch die Katzenklappe für eine kurze Tour, war aber schnell wieder da, um uns verständlich zu machen – jetzt ist es aber Zeit.

Eines Morgens, es war noch sehr früh, war ich kurz mal aufgestanden, um wohin zu gehen. Da saß Schlapper im Nebenzimmer auf der Fensterbank und schaute stur in eine Richtung. Ungewöhnlich, denn am Fenster legte er sich immer gemütlich hin, um zu sehen, was sich so tat. Als ich wieder ins Bett ging, saß er immer noch so da. Später, als wir dann aufstanden, saß er immer noch da und ließ sich auch mit Leckerlis nicht locken. Am späten Vormittag gingen wir dann einkaufen. Es gab zu der Zeit eine wunderschöne Nachbarskatze mit richtig buntem geflecktem Fell, rot, weiß, schwarz und braun. Bis dahin konnten wir dieses noch junge schlanke Kätzchen, während den vergangenen vier Jahren, fast jeden Tag beobachten, wie es entweder auf Tour ging oder von einem Streifzug zurückkam. So, wie es

Bild 41

aussah, immer recht munter, mit viel Elan. Einmal war es ihr sogar gelungen, auf das Dach unser tieferliegenden Garage zu klettern und auf unseren östlich gelegenen kleinen Balkon zu gelangen. Ein richtiger kleiner Wirbelwind (Bild 41).

Wir gingen dann am späten Vormittag zur Garage und hatten das Garagentor geöffnet. Auf dem über der Straße liegenden kleinen Anwohnerparkplatz sahen wir dann diese kleine Katze ruhen. Auf Rufen reagierte sie nicht wie sonst. Leider mussten wir dann feststellen, dass sie sich nicht bewegte und auch nicht mehr atmete. Es war eine kalte Nacht und der Körper war schon total ausgekühlt. Irgendjemand muss sie auf dem Weg angefahren und dann auf den Stellplatz abgelegt haben oder sie hatte sich noch mit letzter Kraft bis dahin geschleppt. Eine Vergiftung war auch nicht auszuschließen. Jetzt auf einmal war glasklar: Schlapper wollte uns auf der Fensterbank sitzend dies durch sein Verhalten mitteilen. Das war sehr traurig, dass wir dies nicht begriffen hatten. Vielleicht hätte man diesem lebenslustigen Kätzchen noch helfen können. Wir verständigten die Besitzer, die natürlich geschockt waren. Sie wollten in Kürze umziehen und ihren kleinen Freund mit ins neue Heim nehmen.

Viel Freude hatte Schlapper, wenn wir ihn mit Leckerlis forderten. Da in der Wohnung die meisten Räume türlos miteinander verbunden sind, ließ es sich trefflich von der Mitte aus die Leckerlis in verschiedene Richtungen werfen. Ich brauchte nur Arm und Hand einige Mal hin und her zu bewegen, schon stürmte er in die angezeigte Richtung los. Dies war aber nicht alles. Nachdem dieses Spiel schon einige Male gelaufen war, kannte und wollte er den Ablauf immer wieder so haben. Das heißt, bevor ich meine Richtung zum Werfen änderte, raste er schon in diese los. Irgendwann musste ich das Spiel beenden, da allzu viel Leckerli nicht unbedingt gut waren. Manchmal beendete auch er vorher das Spiel, dann musste er dringend irgendwohin.

Alle paar Tage machte ich vor dem Frühstück aus vielen sportlichen Kursen und Vereinen eine selbst zusammengestellte Morgengymnastik. Dazu wird eine spezielle Matte ausgelegt.

Meistens schlief Schlapper noch wegen seinen Nachttouren auf einem seiner Lieblingsplätze in der Wohnung. Kaum hatte ich aber meine Gymnastik begonnen, tauchte er auf und legte sich auf die Matte bei meinen aufrecht stehenden Übungen. Er blieb cool liegen, bis die Übungen beendet waren. Bodenübungen waren dann nicht mehr möglich. Wenn ich manchmal bis zu den Bodenübungen kam und er tauchte dann auf, warf er sich auf den Rand der Matte und drückte sich an mich.

Dies ist bis heute ein Rätsel geblieben, was er damit ausdrücken wollte. Insgesamt machte er dabei einen friedlichen Eindruck.

Kapitel 13

Ein Unfall

Es war der 17. Mai 2021 nachmittags, als sich Schlapper über die Nachbarterrasse mühsam und jammernd nach Hause schleppte. Die Nachbarin rief uns zu: „Schlapper geht es nicht gut." Wir stellten dann fest, dass er mit seinem rechten hinteren Beinchen nicht auftreten konnte. War er irgendwo hängen geblieben, hatte er sich eine Zerrung zugezogen? Das würde schon wieder. Aber als er abends immer noch jammerte, entgegen sonst, wenn er eine leichte Blessur hatte, mussten wir etwas unternehmen. Inzwischen war es schon spät, wo bekämen wir jetzt noch Hilfe? Eine Internetrecherche ergab, dass in ca. 22 km Entfernung, in Frankenthal, eine Kleintierklinik rund um die Uhr einen Notdienst hatte. Inzwischen war es 23:00 Uhr. In Frankenthal angekommen, mussten wir feststellen, dass trotz Onlineansage und Licht im Eingangsbereich niemand anwesend war. Immer wieder in Abständen klingeln, eine halbe Stunde lang, war erfolglos. Mit dem Smartphone konnten wir zunächst zum Glück einen weiteren Tiernotdienst in einer Kleintierpraxis auch in Frankenthal finden. In der sehr hilfsbereiten Praxis wurde Schlapper geröngtt.

Das Ergebnis war für uns erschütternd, denn es wurde eine Splitterfraktur am rechten Hinterbeinchen festgestellt. Unglücklicherweise körpernah am Hüftgelenk.

Die Prognose war, dass Beinchen zu schienen zu versuchen oder eine Amputation vorzunehmen. Oder, darüber wollten wir nicht nachdenken!

Die Praxis terminierte noch in der Nacht per Email Schlapper in einer Tierklinik in Alzey, sowie sendete Befund und Röntgenbild mit.

Also am nächsten Tag nach Alzey in die Klinik. Ein Ärzteteam beriet die Möglichkeiten der Behandlung. Ähnlich wie in der Praxis am Vorabend kamen sie auch zu den zwei Möglichkeiten, Schienen oder Amputieren. Wobei eine Schiene bis zu sechs Monaten getragen werden müsste. Bei Schlappers starkem Drang nach draußen sind sechs Monate Einsperren keine Option. Es war auch unsicher, ob die Knochen stabil zusammen wachsen würden. Bei einem schlechtem Verlauf hätte man dann doch amputieren müssen und einige Monate Schlapper zusätzlich mehr leiden lassen müssen.

Es war für uns eine sehr schwere Entscheidung. Ein großer Teil seines täglichen Lebensinhaltes wäre auf einmal weg. Nachts seine Touren, auf Bäume und über Zäune klettern, auf dem Rasen galoppieren, Leckerlis hinterherspringen und vieles mehr wäre nicht mehr möglich. Aber er würde leben und könnte bei uns sein. Schlapper blieb in der Klinik und wurde mit entsprechenden Untersuchungen für eine OP am nächsten Tag vorbereitet. Nach der erfolgreichen Amputation wurde uns dies von Seiten der Tierklinik mitgeteilt. Überhaupt war die Betreuung von ihm, sowie auch die Informationen über den Verlauf, sehr lobenswert.

Einen weiteren Tag sollte er zur Folgekonsultation bzw. zur Intensivüberwachung in der Klinik bleiben. Im Telefonat mit der Ansprechpartnerin Dr. B. erfuhren wir, dass Schlapper ruhig und brav sei, aber die normale Futteraufnahme verweigere. Es sei die Nachwirkung der OP, aber auch Trauer, weil das gewohnte Umfeld mit seinen Menschen fehlte. Was allgemein alle dem Menschen zugewandten Tiere in so einer Situation empfinden, kann man nur erahnen.

Das Abholen von Schlapper am nächsten Vormittag wurde von unserer Seite mit Spannung erwartet. Wir wurden zunächst über die häusliche Nachsorge und weiter über die tierärztliche Nachbehandlung instruiert. Dann der erste Kontakt, unsere Stimmen und Streicheln, lockten bei Schlapper ein noch zaghaftes Schnurren hervor.

Zuhause angekommen, erfolgten die ersten zaghaften Gehversuche. Noch unsicher, aber sein erster Weg führte zur Futterschüssel und dem Trinkgefäß.

Die gewohnte Umgebung ließ ihn wieder aufleben.

Kapitel 14

Umgang mit drei Beinchen

So nach und nach traute er sich wieder in den Garten, um alles zu begutachten, zu schnüffeln und seine Geschäfte zu machen. Apropos Geschäfte machen. Dabei war die sprichwörtliche Sauberkeit der Katzen angesagt. Außerhalb des Rasens in der Erde erst eine Mulde graben und diese danach wieder zuscharren. Es war schon etwas lustig, wie er beim Graben und Scharren fast umfiel, machte uns aber traurig, weil er versuchte, seine alten Gewohnheiten trotz Behinderung durchzuführen.

Es ging immer ein wenig besser, aber wir mussten dann in unserem, wie auch im Nachbargarten, die möglichen Durchgänge und Schlupflöcher absperren. Da der Nachbargarten nahtlos an unseren grenzt, war auch die Nachbarin damit einverstanden. Zuvor gelang es ihm mehrfach, nach draußen zu entwischen. Es war sein alter Drang, an seine bekannten Stellen und Plätze zu gelangen. So schwer es fiel, aber nach der frischen OP, mit drei Beinchen, da hätte er bei einer für ihn entstehenden Gefahrensituation geringe Chancen gehabt, sich in Sicherheit zu bringen. Gesagt, getan. Die Lücken wurden so gut es ging verschlossen (Bild 42).

Bild 42

Bild 43

Trotzdem gelang es ihm irgendwie, vielleicht durch das nicht geschlossene Gartentor (Bild 43), nach draußen zu gelangen. Es gab da bei der Nachbarin im Wohnzimmer einen breiten königlichen Stuhl mit Polster. Er konnte gut vom Garten aus, wenn die Terrassentür offen war, in ihr Wohnzimmer gelangen. Ab und zu war er da anzutreffen, wenn er mal etwas länger verschwunden war. Hier war gut zu ruhen, keiner störte. Im Übrigen war die Nachbarin die einzige Person im Umfeld, zu der er sich hin traute. Es war halt ein toller Stuhl. Aber diesmal war er da nicht anzutreffen.

Wir suchten die nähere Umgebung ab, hatten aber auch nach gut einer Stunde keinen Erfolg. Wo war er jetzt in seinem Zustand verblieben? Es verging noch einige Zeit. Wir konnten von unserer Wohnung aus in Westrichtung gut den Garten mit tieferliegendem kleinem Parkplatz und eine Straße einsehen. In Ostrichtung war die Straße zum Hauseingang einsehbar und in Nordrichtung nochmal beide Straßen und der Garagenvorplatz. Und siehe da, er saß dann plötzlich wie verloren am Rande des kleinen Parkplatzes, neben unserer Garage. Vielleicht wollte er wieder rein, schaffte es aber nicht, da ja so gut wie alle Durchgänge dicht waren. Ich brachte ihn schnell nach Hause, in seine sichere Umgebung.

Es war nun sein begrenztes Außenrevier im Garten. Um nicht ganz von der weiteren Umgebung ausgeschlossen zu sein, wurde ein Fenster in die Sträucher geschnitten (Bild 44), das er am Anfang auch häufig nutzte. So konnte er im Schatten die nähere Umgebung beobachten, oder aber auch ein Schläfchen machen. Wobei es ihm anzusehen war, dass die heilende Wunde Schmerzen bereitete (Bild 45). Dieser kleine Platz vor dem Fenster in der Hecke war momentan sein Hauptaufenthaltsort draußen. Ein Sonnenschirm spendete bei gutem Wetter zusätzlich Schatten. Im Tagesverlauf, wenn der Schatten des Baumes weg war, schien die Sonne auf dieses Plätzchen. Hatten wir bis dahin den Sonnenschirm noch nicht auf, dann machte er sich lautstark bemerkbar, bis wir reagierten. Gegen Abend kam er dann in die Wohnung. Bei warmem Wetter blieb er länger draußen und wir holten ihn dann, wenn es dunkel war, herein. Ein Gartenstuhl mit Polster war auch für ihn reserviert (Bild 46). Er tastete zunächst mit einer Vorderpfote am Polsterrand, um Maß zu nehmen, um dann mit Schwung hoch zu kommen.

Bild 44

In dieser Zeit war er sehr dankbar, wenn wir bei ihm waren und ihn mit ruhiger Stimme und mit Streicheleinheiten verwöhnten.

Bild 45

Bild 46

Er hatte immer noch, wenn auch minimal, eine offene Juckstelle im Nacken. Wir konnten oft beobachten, wie er versuchte, sich mit seinem nicht vorhandenen Beinchen zu kratzen. Das heißt, obwohl dieses Körperteil fehlte, war die Funktion Beinchen bewegen fest in ihm verankert. Es war dann zu sehen, wie sich das ganz kurze Stummelbeinchen bewegte.

Bis etwa Oktober schaffte er es nachts oder wenn wir außer Haus waren, auch mit drei Beinchen durch die Katzenklappe nach draußen zu gelangen. Es ließ sich alles, trotz OP, recht gut an.

In der Wohnung hatte er sich zwei Lieblingsplätze ausgesucht. Einmal oben auf dem schmalen Streifen der Rückenlehne der Ledercouch und einmal in einer hinteren Ecke innerhalb eines Schreibtisches. Auf den schmalen Platz oben auf der Couchlehne schaffte er es nur mit Anlauf, da ja ein hinteres Beinchen fehlte und er sich nicht mehr so gut abstoßen konnte. Oben musste er dann abbremsen, um nicht auf der anderen Seite hinunterzufallen. Er hatte dies noch gut im Griff. Wir nannten diesen Platz „Hochburg" (Bild 47). Hier war er mittendrin in der Wohnung und hatte gleichzeitig einen Überblick über das Geschehen um ihn herum. Er musste sich nur auf dem schmalen Teil drehen, um in die andere Richtung zu schauen. Da dieser Teil leicht abgerundet ist, war es auch ein Balanceakt. Dabei bestand die Gefahr, dass er abrutschte, abstürzte und sich verletzte. Einmal jedoch, wir waren nicht in der Nähe, war er wahrscheinlich eingeschlafen und heruntergepurzelt. Vom Bad aus konnte ich hören, dass er bis an die untere Ablageplatte des Tisches gefallen war. Diese war aus Glas und es schepperte laut. Kurze Zeit war er benommen, drehte sich mehrfach im Kreis um die eigene Achse, lief aber dann an seine Futterschüssel. War es nochmal gut gegangen? Trotzdem wollten wir es nicht unterbinden, weil er sich dies selbst ausgesucht hatte und es nicht mehr so

Bild 47

60

viele andere Möglichkeiten gab. Der Tisch wurde jetzt ein ganzes Stück von der Couch entfernt. Zum Schutz des Leders auf der Couch hatten wir Gummimatten und Wolldecken darüber gelegt (Bild 48).

Bild 48

Bild 49

Bild 50

Wenn er absolut seine Ruhe wollte, zog er sich in den Schreibtisch zurück (Bild 49). Wobei er hier nochmals hinten um die Ecke konnte und so fast nicht mehr zu sehen war. Diesen Platz hatte er sich einmal ausgesucht, als nur eine Ordnerbreite frei war und er sich durchzwängte. Also wurden alle Ordner entfernt, ein Pappdeckel zurechtgeschnitten und schon war ein weiterer Lieblingsplatz entstanden (Bild 50).

Kapitel 15

Schlappers neuer Alltag

Etwa Mitte Oktober ging Schlapper immer weniger durch die Katzenklappe. Wenn wir nicht da waren, klemmten wir einige dicke Fäden zwischen Tür und Rahmen der Klappe, um zu prüfen, ob Schlapper während unserer Abwesenheit durch die Klappe ging. Kurze Zeit danach benutzte er die Klappe überhaupt nicht mehr. Auch in den Garten ging er nicht mehr. Einmal setzten wir ihn auf die Terrasse, damit er wieder seine geliebte Natur genießen konnte. Sofort drehte er sich um und lief wieder in das Wohnzimmer.

Irgendwann saß er auf der Hochburg (Couch) und wir bemerkten, dass die Drehbewegungen auf der schmalen Lehne ihm schwerer fielen. Wir beobachteten dies mit Sorge und stellten dabei fest, dass die Pupillen seiner Augen groß und dunkel waren. Schlapper war erblindet. Es war zum Verzweifeln, jetzt kam auch noch dies zu seinen vorhandenen Problemen. Laut Tierärztin kann dies bei älteren Katzen vorkommen, wenn zum Beispiel der Blutdruck zu hoch ist. Aber es könnte bei ihm auch durch seine verschiedenen Leiden ausgelöst worden sein, zumal ja auch Nebenwirkungen von Medikamenten auftreten können. Was auch eine Rolle spielen konnte, war der vorher beschriebene Absturz von seiner Hochburg. Da er sich mit drei Beinchen nicht mehr richtig abfangen konnte, könnte er mit dem Kopf unglücklich aufgeprallt sein. Wir hatten zwar auch am Boden dicke Matten ausgelegt, aber alles konnte dadurch nicht kompensiert werden. Da er jetzt, obwohl blind, mit aller Macht den Weg auf seine Hochburg fand, wollten wir dies nicht verhindern. Das Klettern funktionierte weiterhin, wie vor dem Erblinden, aber man merkte doch den Unterschied. Die Hochburg war sein Mittelpunkt, wo er alles, was in der Wohnung passierte, mitbekam.

Jetzt war uns auch sein vorheriges Verhalten klar, dass er ab und zu schwankte oder auf Gegenstände oder auf die Wand zulief.

Jetzt blind, begann wieder ein neuer Abschnitt für Schlapper und uns. Seine verschiedenen Bedürfnisse, Futter, Toilette, Schlafplätze usw., mussten ja weiter funktionieren. Wir beobachteten ihn natürlich. Er fand seine Futter- und Wasserschüssel am Ende der Küche. Aber dann, mit schnellem Schritt zurück, ging es direkt schnurgerade auf einen Küchenschrank zu. Wir hielten die Luft an! Blitzschnell, ein paar Zentimeter vor dem Schrank, änderte er die Richtung nach rechts, zu dem Durchgang in das Wohnzimmer. Jetzt wurde uns deutlich demonstriert, was ich im Kapitel 10 über die Funktion der Schnurrhaare beschrieben habe. Es war der hervorragende Tastsinn, den Katzen durch die Schnurrhaare haben. Ähnlich war es, wenn er in andere Zimmer ging. Er hatte sich aber auch seine bekannten Wege fest eingeprägt. Trotzdem kam es auch vor, dass er, bei für ihn zweideutigen Verhältnissen, sich einfach hinsetzte und wartete, bis wir ihm den Weg zeigten. Zum Beispiel bei seinem Lieblingsplatz im Schreibtisch (Bild 49), oder bei engen, nebeneinander liegenden Nischen.

Eine intensivere Pflege war nun notwendig.

Mehrmals am Tag bekam Schlapper Medikamente. Unter anderem Metacamtropfen gegen Schmerzen und CBD-Tropfen (Cannabisöl) gegen den andauernden Stresszustand. Klinische Studien haben ergeben, dass mit CBD-Tropfen bei Katzen keine Nebenwirkungen auftreten. Beides wurde in Katzenmilch oder in Snackcreme nach genauer Dosierung gereicht. Zusätzlich wurde einmal am Tag die immer noch kleine Wunde am Rücken ausgewaschen. Hierfür wurden ein steriles Tuch, lauwarmes Wasser und Silberwasser verwendet. Silberwasser wird elektrolytisch hergestellt und besteht aus kleinsten Silberteilchen im Nanobereich und destilliertem Wasser. Silber ist schon seit Jahrhunderten für seine desinfizierende Wirkung bekannt. Nach jedem Auswaschen hat sich Schlapper gereckt, gestreckt und geschnurrt. Die Behandlung gegen das Jucken hat also offensichtlich gut geholfen. Wenn sich dann danach an den kleiner gewordenen Wunden Sekret ansammelte, wurde Wundheilpuder aufgestreut. Sollten wir einmal das Schmerzmittel bewusst vergessen haben (allzu viel ist wegen eventueller Nebenwirkungen auch nicht gut), hat er uns, wie bei anderen Dingen auch, mit seinem Verhalten dies zu verstehen gegeben. Nach unserer Meinung aber nur, wenn die Schmerzen verstärkt auftraten. Insgesamt hat er dies alles sehr tapfer ertragen.

Seit Schlapper blind war, ging er ja auch nachts nicht mehr raus. Da aber Katzen nachtaktiv sind, war Schlapper nachts in der Wohnung unterwegs. Meist saß er dann auf seiner Hochburg und machte sich ein- bis zweimal lautstark bemerkbar. Wenn man nicht raus und die Natur durchstreifen kann, ist es halt sehr einsam. Das hieß für uns aufstehen, Streicheleinheiten geben und mit ihm ruhig reden. Damit konnten wir ihn für die nächsten Stunden oder für den Rest der Nacht beruhigen. Jedenfalls war er dann nicht mehr zu hören.

Kapitel 16

Letztes Kapitel

Dann kam der 6. Dezember 2021 vormittags. Schlapper saß auf der Hochburg und hatte außergewöhnlich lange und intensiv miaut. Wir wollten beide, lauter als sonst, ihn beruhigen. Er rutschte die Couchlehne hinunter auf die Sitzfläche und verlor hier Urin. Für Hiltrud war dies ein großes Problem. Weil Katzen unheimlich sensibel sind und wir nie so laut zu ihm waren, könnte dies der Grund sein, aber auch sein Allgemeinzustand könnte die Ursache gewesen sein. Hiltrud war der Meinung, wir sollten zu unserer Tierärztin gehen, um mit ihr zu besprechen, ob es an er Zeit sei, Schlapper zu verabschieden. Ich war innerlich zerrissen, denn dies war Schlappers letzter Weg zur Tierärztin. Hinterher war große Trauer und eine Leere.

Wir hatten einen Freund, einen unheimlich sensiblen und treuen Kater verloren, der bis zuletzt gekämpft hatte und leben wollte.

Bild 51

Was bleibt: Dankbarkeit für die vielen Jahre, die wir mit Schlapper und seinen Erlebnissen verbringen durften.

Da hier der Garten nicht uns gehörte, haben wir uns der Tierbestattung „Rosengarten" anvertraut, die sehr sensibel alles Notwendige veranlasst hat (Bild 51 und Bild 52).

Kapitel 17

Nachkapitel

Wir mussten erst einmal Luft holen, bis all das, was wir mit Schlapper erlebt haben, verarbeiten konnten.

Als wir dann vor kurzem wieder bei unseren Freunden in Biberach waren (siehe Kapitel 9), war das Manuskript noch nicht fertig. Hier hatte ich die Zeit, noch einiges zu Papier (sprich: PC) zu bringen. Da hatten wir folgendes Erlebnis.

Im nächstgrößeren Ort, mit Namen Weißenhorn, waren wir zum Einkaufen gefahren. Auf dem Weg zum Einkaufsmarkt war auf der anderen Straßenseite ein Kätzchen, dass Schlappers Bruder hätte sein können. Wir waren zu viert, gingen über die Straße zu dem Kätzchen. Ich weiß nicht, was ich sagen soll, diese kleine Schmusekat-ze ließ sich nur von mir streicheln und hüpfte auf meinen Schoß (Bild 53 bis 55). Es gab noch jede Menge weitere Streichel-einheiten. Nach einiger Zeit ließ er sich direkt neben mir ruhig nieder und war einfach da. Ich weiß, dass es so etwas nicht gibt, aber es be-rührte mich und war etwas ganz Besonde-res nach der Geschich-te mit Schlapper. Viel-leicht ein Gruß, woher auch immer.

Bild 53

Es fiel schwer, einfach weiter zu gehen. Aber es gab bestimmt in Weißenhorn jemanden, dem diese Samtpfote gehörte und sich um diese kümmerte.

Bild 54

Bild 55

Der Autor

Gert Wickenhäuser, geboren 1939 in Mannheim,
hat ein bewegtes Leben geführt: geboren und
aufgewachsen in Zeiten des Zweiten Weltkrieges
erlebte er sehr jung die Abwesenheit des Vaters,
die Zerstörung seiner Heimatstadt und des
Familienhauses, Evakuierungen und Besetzungen.
Nach seiner beruflichen Laufbahn als gelernter
Maschinentechniker und Maschinenbauingenieur
und dem Großziehen zweier Söhne ging er in
den Vorruhestand. Die Rente nutzte er, um
sechs Kontinente zu bereisen und zahlreiche
Wanderurlaube zu genießen. Heute lebt er mit
seiner Ehefrau Hiltrud bei Worms. In seiner Freizeit
genießt er es, zu kochen, zu gärtnern oder in Haus
und Wohnung zu werkeln.
Seine erste Erfahrung mit einer Hauskatze
sammelte er bereits 1976. Doch es war der Kater
Schlapper, der von 2007 bis 2021 bei ihm wohnte,
der ihn zu seinem ersten schriftstellerischen Werk
inspiriert hat.

Der Verlag

> *Wer aufhört
> besser zu werden,
> hat aufgehört
> gut zu sein!*

Basierend auf diesem Motto ist es dem novum Verlag ein Anliegen, neue Manuskripte aufzuspüren, zu veröffentlichen und deren Autoren langfristig zu fördern. Mittlerweile gilt der 1997 gegründete und mehrfach prämierte Verlag als Spezialist für Neuautoren in Deutschland, Österreich und der Schweiz.

Für jedes neue Manuskript wird innerhalb weniger Wochen eine kostenfreie, unverbindliche Lektorats-Prüfung erstellt.

Weitere Informationen zum Verlag und seinen Büchern finden Sie im Internet unter:

www.novumverlag.com